말할 수 없는 위안

말할 수 없는 위안

처음 펴낸 날 ‖ 2012년 7월 21일
2쇄 펴낸 날 ‖ 2012년 9월 10일

지은이 ‖ 유영일, 이순임

펴낸이 ‖ 이순임

펴낸곳 ‖ **올리브나무**
　　　　경기도 고양시 일산동구 마두1동 정발 705-101
　　　　Tel. (031) 904-9152,　010-7755-2261
　　　　Fax. (031) 629-6983 전자우편 yoyoyi91@naver.com

등록번호 제2002-57호

ⓒ 유영일, 이순임 2012
ISBN 978-89-93620-26-9　03810

값 10,000원

말할 수 없는
위 안

● 유영일 · 이순임 잠언 시집 ●

말할 수 없는 위안

햇빛이

초록 잎사귀를 흔적 없이 투과하듯이

꽉 찬 달이

천 개의 강물에 소리 없이 자신을 나투듯이

당신이 알든 모르든

떼를 쓰고 부인하든

누군가

당신 안에 이미 스며들어 있어

당신이 무슨 말을 하고

무슨 짓을 하든

하염없이 너른 경계선으로

당신을 품에 안고

말없는 사랑

건네고 있다는 것을

알아차리는 그 순간만큼

더 큰 위안이 있을까요

아무리 달아나려고 애써도

부인하려고

몸부림 마음부림 쳐도

그는 이미

당신 안에 있으면서도

자기 사랑을

조금도 주장하지 않고

마침내, 결국, 끝내

당신이 그에게로 돌아서서

환한 미소

온몸으로 지으며

"우리는 하나"라고 속삭여주기를

기다리고 있다는 것⋯ 그것을

알아차리는 순간만큼

더 큰 위안이 있을까요

시작에 앞서

과학소설 분야의 대가로 손꼽히며 "블레이드 러너", "마이너리티 리포트", "토탈 리콜", "넥스트" 등 할리우드가 가장 사랑하는 원작자이기도 한 필립 K. 딕의 장편 소설 『티모시 아처의 환생』에는 다음과 같은 의미심장한 대사가 등장합니다.

"하나님이 존재한다는 증거가 있다고 생각하는 거야? 증거들이 있다고 해도 하나님은 아무한테도 말을 하지 않잖아. 구약성서에는 야훼가 선지자들을 통해 백성들에게 말씀을 전하는 장면이 숱하게 등장하지만, 이런 예언의 샘은 이제 말라 버렸어. 하나님은 우리에게 더 이상 아무 말씀도 하지 않아. 이런 '오랜 침묵'이 2천 년 동안 계속되고 있어. 옛날에 하나님은 사람들에게 많은 이야기를 했는데, 왜 요즘은 아무 말도 없는 걸까? 왜 더 이상 말을 하지 않는 걸까?"

이 소설의 대사처럼 하나님이 정말로 침묵하고 계시다면, 정말 큰 문제가 아닐 수 없습니다. 과연 그럴까요? 문을 두드리고 또 두드려도 신성의 문 안으로 들어설 길은 정녕 열리지 않는 걸까요? 그리스도께 묻고 또 물어도 우리는 그분에게서 아무런 대답도 들을 길이 없는 걸까요? 2천 년 전에 대화를 나누었던 사람들의 기록에 의지해야만 그분의 말씀을 겨우 접할 수 있을 뿐이라면, 오늘 우리에게 닥쳐오는 수많은 문제들은 어떻게 해야 할까요? 그분께 직접 물을 수 있는 길은 정녕 없는 것일까요? 지금 이 순간에 살아 계시는 하나님, 이 순간에 역사하시지 않는 예수 그리스도라면, 그리스도교의 믿음이라는 것은 도대체 어디에 쓰일 수 있는 것일까요?

부부의 인연을 맺은 이후로 우리는 지난 세월 동안 내내 우리가 그래도 꾸준하게 해온 것이 있다면, 아마도 "영성" 공부일 것입니다. 물질의 몸을 입고 세상에 왔지만 그것은 껍질일 뿐이며 우리 자신의 진정한 본질은 "영"이고, "영"으로서 어찌 살아야 하는지를 현실에 적용하는 법을 찾고 구하고 익히고 함께 나누어 왔다고 할 수 있습니다.

공부 과정에서 우리가 터득한 것은, 하늘은 한시도 쉬는 법이 없어서 문을 두드리는 자에게는 시대를 가리지 않고 길을 열어준다는 믿음입니다. 조금만 마음의 문을 열고 책과 인터넷과 영화 등을 살펴보면, 우리 스스로가 만든 정체성의 껍질을 두드리면서 우리가 진정 누구인지를 묻게 하는 '빛의 존재들'이 사방에서 활약하고 있다는 것을 알 수 있습니다. 눈 뜨고서도 자고, 말하면서도 자고, 걸으면서도 기실은 깊은 잠에 빠져 있는 우리를 흔들어 깨우는 '빛의 사도들'—그들을 어떻게 알아볼 수가 있을까요? 누구도 검증할 방법을 확신할 수는 없겠지만, 예수께서는 분명 말씀하셨지요. '열매를 보면' 알 수 있지 않느냐고요.

'빛의 존재들'의 메시지는 우리를 변화시켰습니다. 우리 안에 큰 울림을 주어 우리로 하여금 세상과 우리 자신을 다시 보게 하였습니다. 하나같이 우리 안에 이미 자리하고 있는 '고요한 중심', '신성의 자리'를 가리켜 보이는 그 메시지를, 그 '말할 수 없는 위안'을 어떻게 하면 더 많은 이들과 공유할 수 있을까? 이 책은 바로 그런 고민의 산물입니다. 잠언 시의 형태를 띠었지만, 거의 대부분이 지금 이 시대에 쏟아져 나오고 있는 메시지들에서 힌트를 얻은 것들입니다. 물론 우리 중 누군가의 시작(詩作)이라고 할 수 있는 것들도 있지만, 그런 글을 쓰게 된 것도 '빛의 존재들'의 절대적인 협조가 아니었다면 불가능했을 테니, 행여 공(功)이 있다면 이 시대를 위해 오늘도 뛰고 있을 '빛의 일꾼들'에게로 돌려야 할 것입니다.

아무쪼록 이 잠언 시들이 가리켜 보이는 손가락이 독자 여러분의 '고요한 중심'을 깨우고 지지하면서 사랑의 응원꾼 역할을 해주기를 바라는 마음 간절합니다.

2012년 여름 한가운데에서

유영일, 이순임

차림표

3   고요한 중심에서 살기

4 행복한 바보

5 문은 언제나 열려 있다

1

그대는 사랑으로 포위되어 있다

어떤 초대장
ㅡ하늘의 연서 1

애야, 이제 그만 돌아와서
저녁 먹어라.
조금만 더. 조금만 더.

어둑어둑 해질 무렵이 되어도
배고픈 줄 모르고 소꿉놀이에 열중하는 아이들처럼
그대들은 아무리 먹어도 배가 부를 수 없는
소꿉인생에 취하여
진짜 생명놀이를 잊어버렸다.

이제 그만 돌아오너라,
나와 함께 춤을 추자꾸나.

무엇을 입을까, 걱정하지 말아라.
"있는 그대로의 모습"으로 오너라.

잠깐만요, 잠깐만요,
옷을 갈아입고 나올게요.
그 시간조차 늦추지 말아라.

있는 그대로 뛰어나와라.

우리 만남의 조건
－하늘의 연서 2

짐을 내려놓고
색안경도 벗어놓아라.

어떠한 판단도 내리지 말아라.
그대 살림살이의 보존과 번성을 위한다는 명목으로
울타리 따위는 치지 말아라.

내려놓고
벗어놓고
열어놓아라.

짐을 내려놓는 것은
하늘로 하여금 그 짐을 지게 하는 일,
판단의 색안경을 벗는 것은
하늘의 눈으로
전체의 큰 그림을 그리게 하는 일.

그대가 아무리 뜻을 세우고 일을 도모해도
그것을 이루어지게 하는 것도
하늘이요
가다가 넘어지고 다치게 하는 것도
하늘이니
그대 자신을 내려놓아라.

울타리 따위는 치지 말아라,
하늘이 들어올 수 있도록.

가라, 그대는 이미 치유되었다
—하늘의 연서 3

2천년 전, 어떤 럭스(lux)로도
밝기를 측정할 수 없는
빛사람이 지구에 내려왔다.
빛사람과 접속된 사람은
누구든지 치유를 받았다.

"네가 누워 있던 들것을 들고
집으로 돌아가라.
네 병이 나았다."
"안심하고 가라,
네 믿음이 너를 낫게 하였다."

눈먼 자는 보게 되고,
앉은뱅이는 걷고,
나병환자는 깨끗해지고,
귀머거리는 귀가 열렸다.

빛사람이 가는 곳을 늘 따라다니다가
뒤에서 슬그머니 옷자락을 만진 여인도
은혜를 입고, 수십 년간 괴롭힘을 당했던
고질병을 훌훌 털어버릴 수 있었다.

빛이 가진 으뜸되는 성질은
'직진한다'는 것이다.
이 빛사람의 빛 또한 직진할 뿐
구부러지는 법이 없기에
스스로 뚜껑을 닫고 지내는 사람에게는
빛이 닿을 수 없다.

상자 속에 자기를 꽁꽁 묶어 두고 있는데도
빛이 알아서 그리로 들어가
어둠을 녹여주지는 않는다.

이 빛사람은 33년 동안 세상에 머물러 있다
어느 날 하늘로 올라가 버린 것이 아니다.

그 빛에는 유통기간이 따로 없다.
그 빛은 지금 여기에 존재하고,
이 빛에 접속하려고 가슴을 여는 사람은
언제 어디에서라도
다음과 같은 선언, 들을 수 있으리라.

"가라, 그대는 이미 치유되었다."

고요의 경이로움
—하늘의 연서 4

비가 내리면
벌거벗고 뛰어다니는 아이처럼
그대는
비바람을 더 좋아할지도 모른다.
사나운 폭풍 속에서
그대는
그대 자신의 살아 있음에
더 전율할지도 모른다.

그러나 이제 문득
돌아서서
가만히 귀 기울여 보라.
그대 안에 숨쉬고 있는
고요의 경이로움
천둥소리보다 요란하게
울리고 있지 않느냐.

어느 실종신고서
－하늘의 연서 5

그대가 오늘
이리저리 어지럽도록 분주한 그만큼
그대는
그대 자신을 잃어버린 것이다.

그대 자신을 채우기 위해
무엇인가를 찾아 헤매는 그만큼
그대가 굶주려 한 그만큼
그대는
그대 안에 비밀의 자물쇠를
꽁꽁 채워두고 있는 것이다.

그대 자신을 가두어놓고
어디에서 자유를 찾아 헤매는가.

돌아서라,

그대 자신을 향해서.

이젠 그만
똑똑 문을 두드려라.
그대 자신이 잠귀놓은
문빗장을 열어라.

밖으로 나와
그대와 놀고 싶어하는
감옥 안의 그 아이
풀어놓아 주어라.

그 아이에게서 쏟아져 나오는
눈부신 빛줄기
이젠 더 이상 막지 마라.

슬플 때는 손을 심장 위에 얹어라
─하늘의 연서 6

슬플 때는
손을
그대의 심장 위에 얹어라.
그러면 그대의 손은
나의 심장 위에
있게 될 것이다.

그대의 손이
그대의 심장 위에 얹어질 때
나 또한
그대의 심장을 붙잡는다.

그대는
플러그를 꽂았다.

사랑의 전류가 흐르면

그 따뜻함에 녹아나지 못할
걱정 근심 어디 있겠느냐.

슬플 때는
손을 그대의 심장 위에 얹어라.

기쁨
ㅡ하늘의 연서 7

장미 한 송이를 만나도
기쁨이 함께 하면
거기에 내가 있다.

그대가
의식하든 못하든
기뻐하는 순간에는
내가 넘칠 만큼
그 안에 있다.

"하늘은 하나를 바탕에 깔고 맑고,
땅은 하나를 바탕에 깔고 평안하고,
정신은 하나를 바탕에 깔고 신령하고,
시냇물은 하나를 바탕에 깔고 흐르고,
모든 것은 하나를 바탕에 깔고 태어나고,
현명한 임금은 하나를 바탕에 깔고 세상의 기둥이 된다."

－노자, 도덕경 39장

우리는 떨어질 수 없다
- 하늘의 연서 8

그대는
내 위에 지어져 있다.

그러니 그대가 스스로
아무리 튼튼한 집을 세운들
우리가 함께 세운 집보다 오래 가랴.

그대가 스스로 지었다고 믿는
(사실은 그것마저 너 스스로 지은 것이 아니지만)
그 집이 허물어질 때
그대는 문득
그대가 서 있는 발 아래를 내려다보리라.
무너질 수 없는
또 하나의 집을 비로소
눈 여겨 보게 되리라.

그대가 그 집에 다시 돌아오는 날,
그대는
그대 자신을 마음껏
잃어버려도 좋으리라.

그대가 잃어버리게 될 것은
그대의 헛된 생각이었을 뿐
실제로 잃어버리는 것은
아무것도 없을 것이기에.

큰 사랑만이
여기에 존재할 것이기에.

눈만 뜨면
－하늘의 연서 9

사랑의 등불,
그대가 애써 점화할 필요가 없다.

불은 이미 켜져 있다,
그대가 애써
가리고 있을 뿐,

내 사랑은
펌프질을 멈출 줄 모른다.
내 가슴이 쏟아붓는
사랑의 공습,
아무도 막을 수 없다.

그대가 애써
눈을 감지만 않으면

그대는 사랑으로 포위되어 있다,
눈만 뜨면.

가정법으로 그대를 묶지 마라
－하늘의 연서 10

내 아이가 조금만 열심을 부려 준다면,
배우자가 조금만 너그러워진다면,
가족이 조금만 더 건강해진다면,
신이 이것만 허락해 주신다면…

수많은 가정법 속에서
길을 잃지 마라.
숱한 가정법으로 그대를
시간의 노예로 만들지 마라.

그대가 지닐 수 있는 유일한 것은
"영원한 지금"(Timeless Now)뿐.

아무리 아프더라도
그대의 몸과 마음이 아픈 것이지
그대가 아픈 것이 아니다.

내 위에 서 있는 그대는
아플 수 없다.

그대는 이미
행복할 수 있는 모든
조건을 갖추었다.
더 채워야 할 것은 없다.

남은 것은
나에게로 돌아오는 길뿐.

그대는
나의 지구 위에 살아 있고
나의 심장 안에 살아 있다.
그것만으로 필요충분하다.

그대 자신이어라
－하늘의 연서 11

아무리 참한 인생이라도
본받으려고 애쓰지 마라.

그 누구도 흉내 내지 마라.
더 크고, 더 좋고, 더 나은
누군가가 되기 위해
애쓸 필요가 없다.

그대가 아닌 그 누구도
닮으려고 할 필요가 없다.

숲이 바다보다 낫다고 할 수 있는가?
바다가 숲보다 좋은 것이라고 할 수 있는가?

구세주가 오더라도
그대 자신을 팔아서는 안 된다.

무엇이 부족하단 말인가,
그대 안에
내가 살고 있는데.

2

두려움의 갑옷을 벗어 던지고

사랑의 증거
ー하늘의 연서 12

삶은
내가 그대에게 선물한
그대의 놀이터,
그대의 그대를 찾으면서 노는
숨바꼭질 게임장.

도저히 나뉠 수 없는
그대와 내가
떨어져 있는 양
가정을 하고
연기를 하는
이 놀이터에서
그대는 사실
잃을 것이 아무것도 없다,
놀이터이므로.

불안한가? 두려운가?
그대의 불안과 두려움은
그대를
그대의 뜻대로
마음껏 뛰놀게 하겠다는
나의
큰 사랑의
증거.

거 리
―하늘의 연서 13

목마른 사슴이 물을 찾듯이
나를 애타게 부르면서도
막막하게만 느껴지는 것은
그대와 나의 거리가 멀어서가 아니다.

나는 그대의 코보다도 가깝고
심장보다도 가깝다.

나는 그대를 만나기 위해
소리 지를 필요도 없고
속삭일 필요도 없다.
너무나 가까워서
거리 자체가 없다,
그대와 나는.

나 이제야 비로소 내가 되었네.

여러 해 여러 곳을 다니느라
많은 시간이 흘렀네.

나는 다른 이들의 얼굴을 뒤집어쓴 채
나를 팔아버리고
이리저리 흔들렸네.

미친 듯이 달렸네,
마치 시간을 따라잡기라도 할 듯.

"서둘러, 너도 곧 죽게 될 터이니…"
누군가 나에게 재촉이라도 한 듯
나는 나 아닌 다른 것을 쫓아다녔네.

ㅡ메이 사턴 May Sarton, "나 이제야 내가 되었네"

온유한 자
— 하늘의 연서 14

온유한 자는
　　　　귀 기울이는 사람이다.
　　　　가슴이 열린 사람이다.

온유한 자는
　　　　무엇이 옳은 길인지 앞질러 판단하지 않기에
　　　　누구와도 동행할 수 있다.

온유하지 않는 자는 말한다.
"신이여, 이것을 고쳐주세요
당신이라면 할 수 있지 않습니까.
당신이 기적을 보여주신다면
영광과 거룩이 당신께 더해질 텐데요."

오해하지 마라,
나는 그 무엇도 더해질 필요가 없다.

나에게는
장미 한 송이조차
바칠 필요가 없다.
장미로 하여금 대지에 뿌리를 박고
장미이게 하라.

온유한 자는
장미 한 송이도 자기 필요를 위해
꺾지 않는다.

온유한 자여,
그대는 이 땅을 유산으로 받으리라.

유리벽
― 하늘의 연서 15

그대는
그대가 보고 싶을 때에만
그대의 방식으로
나를 본다.

기쁠 때는 대개
그대의 웃음 저 멀리 뒤쪽
보이지 않는 배경 속으로
나를 구겨넣어 버린다.

누군가 그대 곁을 떠났을 때에나
삶이 그대의 뜻대로
그림 그려지지 않을 때면
요술 방망이를 찾는 어린애마냥
문득 시선을 먼 데 하늘에 두고
나를 찾아 헤매는 눈치를 한다.

언제나 그렇듯이
침묵 속에서
사랑 신호를 보내고 또 보내어도
그대는 알아차리지 못한다.

언제 한 번 떠난 적이 없건만
왜 필요할 때
곁에 계시지 않느냐고 투정을 한다.

그대와 나 사이에는
가로막는 것이 아무것도 없다,
그대가
마음속에 쳐놓은
유리벽 외에는.

사랑은 벌거숭이
－하늘의 연서 16

사랑은
누룩과 같고
겨자씨와 같은 것.

확장되고 부풀려지는 느낌이라면
그대는
사랑 속에 있는 것.

수축되고 억눌리는 느낌이라면
그대는
그대 스스로
분리의 장막을 쳐놓고
그대의 영토를 잃을까봐
두려움 속에 있는 것.

사랑은

두려움의 갑옷을 벗어던지고
벌거숭이가 되어
나아가는 것.

잠잠하라
－하늘의 연서 17

그대는
내가 그대에게
귀 기울여 주기를 바라면서
수많은 바람을 늘어놓는다.

이것만은 해줘야 한다고 주장하고
저것은 왜 저 모양이냐고 불평한다.

끝도 없이 중얼대고 탄원하면서
귀는 늘 닫고 지낸다.

그대는 스스로 말을 하면서도
다른 사람의 말을 들을 수 있는가?

잠잠하라
나를 만나는 일, 너무나 쉽나니

그저 잠잠하라.

부메랑
－하늘의 연서 18

그대가 누군가에게
장미 한 송이를 바치더라도
그가 받지 않으면
그대의 마음이 담긴 그 선물
그대에게로 되돌아오듯이,
내가 쏜
무수한 사랑의 화살
그대가 받지 않아서
나는 늘
되돌아온 선물로 만원이다.

나는 오늘도
그대의 머리에, 심장에, 내장에, 무릎에, 발가락에,
눈, 귀, 코, 혀에, 세포와 세포 사이에
사랑의 화살 쏘아 보낸다.

그대가 받은 것보다
되돌아오는 것이 훨씬 더 많지만
나는 아프지 않다,
그대가 가는 길이 어디이든
나는
그대의 자유를 더 사랑하기에.

빈 자리의 축복
－하늘의 연서 19

그대는
그대가 보고 싶은 것만 본다.

시간과 마음을 함께 했던 연인이
다른 시간과 마음의 맥을 찾아 떠날 때
그대는 왜 어찌하여
거기에 끼어든
축복의 기미를
알아차리지 못하는가.

그가 떠난 빈 자리에
무슨 일이 어찌 벌어질지를
그대가 어찌 알 수 있을 것인가.

그가 그대 곁을 떠난 것이
누군가 다른 이에게는 축복일 수 있듯이

또 다른 누군가가 그대를 향해
떠나올 준비를 하고 있으리라.

사람은 누구나 섬이 아니다
─하늘의 연서 20

언제 어디에서 무엇을 하든,
그대는 혼자가 아니다.
눈을 감고 있든 뜨고 있든, 잠을 자고 있든 깨어 있든,
그대는 늘 나와 함께 하고 있기 때문이다.

절해의 고도에 외따로 떨어진 듯한
외로움에 지쳐 있을 때라도
그대는 혼자 있는 것이 아니다.
언제라도, 어디에서라도,
머릿속 헤아림을 멈추고
느낄 태세를 갖추기만 한다면,
당장에라도 사랑의 봄바람이
그대 존재의 옷자락에 와 닿는 것을 감지할 수 있으리라.

천만 개의 눈을 환히 치뜨고 있듯
벚꽃 만개한 어느 봄날에,

따사로운 햇살을 전신으로 받고
뜨락에 서 있는 것 같은 존재의 충만감을,
그대는 아무리 후미진 지구의 구석에서라도
언제든 감지할 수 있다.
지구는 둥그니까 어디나 다 중심이어서
후미진 구석이라는 것 자체가 있을 수 없다는 것이
그 첫째 이유이고,
그대 자신이 어떠한 상황에 처하든
그대는 나와는 떨어질 수 없다는 것이
그 둘째 이유이다.

언제 어디에서나 그대는 그대가 서 있는 자리를
우주의 중심으로 삼고,
내가 보내는 따사로운 입김 속에서
존재의 지복감을 체험할 수 있다.

이 우주에는
나로부터 숨을 수 있는 곳이 없다.
아무도 지켜보지 않는
"은밀한 공간"이란 것은 존재할 수 없다.

나만의 비밀이 있다고 생각하면서
그 비밀을 마치 무슨 보물인 양 여기는 것을
말릴 사람은 아무도 없다.
그것은 혼자만의 착각임이 분명한,
혼자만의 자유이다.
아무리 혼자만의 시간과 공간 속으로 도망쳐 들어가도,
거기에는 이미 내가 있을 것이기 때문이다.

예수께서 말씀하셨다.

"너희의 지도자들이 '보라! 나라가 하늘에 있도다.' 한다면, 하늘의 새들이 너희보다 먼저 이를 것이다. 그들이 또 너희에게, '나라는 바다 속에 있도다.' 한다면, 물고기들이 너희보다 먼저 이를 것이다. 사실은 그렇지 않으니, 나라는 너희안에 있고, 너희 밖에 있다. 너희가 너희 자신을 알 때, 그때는 아버지도 너희를 알게 될 것이다. 그리고 너희는 자신이곧 살아 있는 아버지의 아들이라는 것을 깨닫게 되리라. 그러나 너희가 너희 자신을 알지 못한다면, 너희는 빈곤 속에살게 되리라."

ㅡ도마복음 3

어떤 고백
－하늘의 연서 21

나는 한 권의 열린 책이어서
언제든지 열어 볼 수 있다.

나는 투명하다.
나에게는 비밀이 없다.
나는 아무것도 감추지 않고
모든 것을 준다.

모든 것을 주었고
모든 것을 줄 것이다.

내 사랑은 멈추는 법을 모른다.

그대는 내 사랑으로부터
도망갈 수 없다.

소원
─하늘의 연서 22

"그대의 소원을 한 가지만 말해라.
내가 들어주리라."

"오직 사랑만을 알고 싶어요.
사랑 속에서만 살게 해주세요.
저를 사랑받을 수 있게 해주세요."

"그대는 이미 사랑받고 있다."

"그것을 제가 어찌 알 수 있나요?"

"손수건만큼만 창을 열어놓고
대양과도 같이 햇살이 쏟아져 들어오기를 바라느냐?"

사랑이란
−하늘의 연서 23

사랑한다는 것은
창문을 여는 것이다,
햇살 같은 그가
바람처럼 들어오도록.

그러니 기다리지 마라.
지금
그대의 창문을 열어라.

그대 자신을 꽃 피워라
－하늘의 연서 24

세상의 모든 꽃은
자기를 피운다.

어떤 꽃도
다른 꽃을 닮으려고 애쓰지 않는다.
남의 꽃씨를 훔치는 꽃은 없다.
저마다 자기를 꽃 피운다.

그대 자신으로부터 도망치지 말아라.
가면 뒤로 숨지 말아라.
그대가 마주보아야 할 유일한 것은
그대 자신뿐.

그대 자신을 꽃 피워라.

가슴의 언어
－하늘의 연서 25

머리는 항상 옳고 그름을 따지지만
가슴은 판단하지 않으면서도
머리보다 먼저 알고
머리보다 넓게 안다.

머리는 논리의 언어를 말하지만
가슴은 사랑의 언어를 말한다.

머리로 사랑하지 마라.
머리로 사랑을 재지 마라.

머리는 사랑이 피어나는 장소가 아니다.

사랑을 꽃 피우려면
머리에서
가슴으로 내려가라.

두드려라
－하늘의 연서 26

두드려라, 열릴 것이다.
그러나 무엇보다도
그대 자신을 두드려라.

그대 자신이 밀봉해 놓은
비밀창고의 문을 두드려라.

그대 자신을 두드리고
그대 자신을 만나라.

사랑은 발가벗고 나아가는 것
-하늘의 연서 27

머릿속에는 자기 잇속 계산만 난무하여
저마다 이중 삼중으로 덧칠된 가면을 쓰고
살아가는 세상에서
가면은 웃고 있지만
속으로는 찡그리고 우는 경우가 얼마나 많은가.

아무리 멋지게 보여도
가면은 가면일 뿐이어서
그대의 불편은 날이 갈수록 더해지리라.

가면을 벗어던지고
중심으로 들어갈수록
그대는 더욱 더 가벼워지고 편안해진다.

사랑은
발가벗고 나아가면서도

부끄러워하지 않는 것,
있는 그대로의 그대 자신을.

마음껏 드러낼 수 있을 때
천국이
그대들의 정원이 되리라.

사랑의 샘
-하늘의 연서 28

사랑을 찾아 헤매지 마라.
먼저 그대 가슴의 문을 열어라.

그대 가슴에는
바깥으로 흐르고 싶어하는
사랑이
그대의 명령을 기다리고 있다.

그대의 가슴에는
사랑의 샘이 있다.

사랑을 찾아 헤매지 마라.
먼저 그대 안에 있는
사랑을 흐르게 하라.

당신은 하늘입니다.
구름이 흘러가고,
노을이 물들고,
바람이 지나갑니다.

ー에크하르트 톨레, 『이것 또한 지나가리라』

3

고요한 중심에서 살기

황금빛 새벽
　－하늘의 연서 29

해는 뜨지 않는다.

그대가 서 있는 자리가
해를 마주했다가 등졌다가 할 뿐이다.

해를 맞이하는 순간
어둠이 자리할 수 없듯이
그대가 나의 사랑을 마주하는 순간
녹지 않을 근심 걱정 어디 있으랴.

황금빛 햇살 앞에
그대의 어둠을
길게 뉘여라.

제자가 예수께 물었다. "언제 하나님의 나라가 임하는 것입니까?"

예수께서 대답하셨다. "나라는 너희들이 지켜보고 있는, 그런 방식으로는 결코 오지 않는다. '보아라, 여기 있다!' '보아라, 저기 있다!'라는 식으로 말할 성질의 것이 아니다. 사실은, 원래부터 아버지의 나라는 이 땅 위에 펼쳐져 있느니라. 단지 사람들이 그것을 보지 않을 뿐이다."

ㅡ도마복음 113

사랑 안에서 살아라
— 하늘의 연서 30

사랑 안에서는
감사하다는 말조차 필요치 않다.

전류가 처음 통할 때에만
어디에서 어디로가 있을 뿐
그 후로는 내내
하나의 회로만이 있는 것처럼.

똑같은 품삯
－하늘의 연서 31

천상에는
마감시간이 없다.

언제라도 문이 열려 있고
일찍 오는 자나
늦게 오는 자나
똑같은 품삯을 받는다.

"내 사랑"이라는
품삯.

사랑은
─하늘의 연서 32

햇살이
자기를 비축하는 것을 보았느냐?

사랑은 자기를 아껴두지 않는다.
망설이는 것은 사랑이 아니다.

햇살이
조건을 다는 것을 보았느냐?

사랑은 자신의 번성을 도모하지 않는다.
받는 것을 기대하는 것은
사랑이 아니다.

아낌없이 주어라.
베푼다는 흔적도 없이 주어라.
오른손으로 주고

왼손으로도 주어라

고요한 중심에서 살기
－하늘의 연서 33

위기에 **빠졌다고** 느낄 때면
언제든 돌아서기만 하면 된다.
1초의 1,000분의 1도 걸리지 않는다.
퇴각에는
아무런 조건이 없다.
그저 돌아서기만 하면 된다.

설왕설래하지 말고
늘 고요한 중심에서 살아라.

욕망을 위해 그대 자신을 팔지 말아라.
그 무엇도 "끌어들이려고" 고심하지 말아라.
고요한 중심에
그 무엇이 부족하단 말이냐?

퍼도 퍼도 마르지 않는 그 원천에서

그대 자신의 사랑
맘껏 발산하고 살아라.

운명의 파도타기
ㅡ하늘의 연서 34

산들은 낮아지고
골짜기는 솟아날 것이다.

격변의 시기에는
파도타기를 배워야 한다.
흐름에 저항하지 말아라.
잃을 것은 아무것도 없다.

그대가 가장 걱정하는 몸의 죽음조차도
염려할 것이 못 된다.
설령 그런 일이 벌어지더라도
그대는 1초의 1,000분의 1 이후에, 아니 그 이전에,
천국의 문 안에 있을 테니까.

흐름에 저항하지 말아라,
구부러질 줄 모르는 자는

부러질 것이다.
충분히 유연하기만 하면
그대의 운명은
그대가 받을 수 있는
최고 최대의 은총이 되리라.

어떤 창세기
— 하늘의 연서 35

한 처음에 신이 있었다. 신은 "존재하는 모든 것"이었고, "존재하는 모든 것"이고, "존재하는 모든 것"일 것이다. 신은 자신이 아닌 것은 그 무엇도 창조하지 않는다. 신이 아닌 그 무엇이 있다면 그것은 신이 아닌 것의 산물이고, 그런 것이 있다면 신은 신이 아닐 것이기에.

만물은 신의 표현물이다. 그대는 신의 창작품이다. 그대를 통해 신은 말하고, 움직인다.

신은 그대를 떠난 적이 없다. 그대가 아니라고 부인해도, 사실이 변할 수는 없다.

그대는 신이 연출하는 무대 위의 배역이자 신 자신이다. 신 자신이기만 하다면 그대는 지금 배역을 맡고 있지 않을 것이다. 그대가 지금 맡고 있는 배역이기만 하다면 그대는 신이 아닐 테지만, 그대가 신이 아니라면 신이 아닌 다른 무엇의 창작품이라는 이야기가 되리라.

모든 것은 하나다. 태양계도, 우주도, 우주 너머의 우주도 하나다. 하나의 입김이다. 창조주의 들이쉬고 내쉼이다.

삶으로 하여금 말하게 하라
－하늘의 연서 36

그대가 누군가를 충분히 사랑하면
그는 그대에게
자신의 비밀을 이야기하기 시작할 것이다.

그대가 그대의 생존이 아닌
삶 자체를 충분히 사랑하면
삶은 그대에게
자신의 비밀을 털어놓기 시작할 것이다,
온갖 자유와 풍요의 비밀을.

생존을 위해 살지 말고
삶 자체를 위해 살아라.

그대 안에서, 그대를 통하여
생명이 춤추게 하라.

삶으로 하여금 말하게 하라.

빛을 가두지 마라
－하늘의 연서 37

3차원의 세상에서
소유하는 것에 재미를 들린 그대는
그대 안의 빛조차 감추어놓고
자기만의 소유로 삼으려고 한다.

빛을 됫박 속에 가두어놓으면
빛은 그대 자신의 생존과 번영을 위해서도
쓸모가 없게 된다.

빛을 가두는 순간
그대 자신도 어둠 속을 헤매게 된다.

그대가 빛을 드러내는 순간
그 빛은 물론 그대만의 빛이 아니게 된다.
자기만을 위한 빛이 있을 수 있겠는가?

빛은 자신을 가두지 않는다.
빛은 누구의 소유도 아니다.

빛을 가두지 말아라.
그대 자신도 밝히고 주변도 밝히어라.

우리 기쁜 눈물의 춤

－하늘의 연서 38

지상 최대의 드라마는
나와 그대들이 분리되었다는 환상에서 시작되었다.

이제 지상 최대의 이 사기극은 클라이맥스를 향해 치닫고 있다.
그대들 스스로 영적인 눈을 꼭 감은 채 어버이 신이 보이지 않는다고
울부짖는 이 신파 멜로드라마가 끝나가고 있다.

산고의 시간이 가까웠다.
그대들은 빛의 옥동자를 낳으리라.

분리의 장막이 거두어지면, 드라마는 더 이상 드라마가 아니게
되리라. 더 이상 드라마에 사로잡히지 않고, 드라마의 큰 줄거리를
보게 되리라. 드라마 전체를 보고, 자신의 맡은 바 배역을 비로소
큰 맥락에서 읽을 수 있게 되리라.

그대들은 다른 배역들을 끌어안고, 연출자도 끌어안으리라. 배역으로서의 그대 자신들이 이제는 더 이상 설 자리가 없으리라.

모두가 자기 안에 감추어두었던 빛을 꺼내어 들고 세상을 밝히리라. 빛 속에서 서로 얼싸안고 춤을 추리라. 아픔이라고는 어디에서도 찾아볼 수 없는 기쁜 눈물의 춤을 추게 되리라.

하늘에서와 같이 땅에서도
─하늘의 연서 39

생각은 살아 있다. 그대는 생각으로 그대의 인생을 짓는다. 그대의 생각은 그칠 줄 모르는 에너지의 흐름이다.

그대의 오늘은 그대 생각의 결과물이다. 세상이 어지러운가? 세상 사람들의 어지러운 생각이 아니라면 누가 세상을 이토록 혼란스러운 것으로 만들었겠는가?

생각은 힘이 세다. 이 우주에서도 가장 세다. 창조주의 생각이 아니었다면 어떻게 그 많은 별들이 지어질 수 있었겠는가?

생각은 자신을 닮은 것을 끌어당긴다. 사랑은 사랑을 끌어당기고, 미움은 미움을 끌어당긴다. 풍요의 생각 속에서 살면 살림살이가 풍요롭고, 부족하고 결핍되어 있다는 생각 속에서 살면 살림살이가 옹색해진다.

누군가를 미워하는 것도 효력이 있다. 하지만 그 사람만 다치는

데에 그치지 않고 미움을 발산하는 그대 자신도 다치지 않을 수 없다. 그러니 부정성의 덫에 걸리지 말라.

그대는 어버이 신의 이미지에 따라 창조되었다. 그대는 사랑과 빛의 존재요, 자유와 풍요의 존재다. 그대의 인생은 그대가 창조한다. 그러니 사랑하는 이여, 그대 안의 신 에너지를 적극 활용하라.

하늘에서와 같이 땅에서도
사랑과 자유와 풍요와 빛의 세상을 창조하라.

진실이 그대를 자유케 하리라
― 하늘의 연서 40

수천 년 동안 인류는 자기 자신을 억눌러 왔다. 스스로 죄인이라 부르고, 자신을 힘없는 자, 연약한 자, 불쌍한 자로 여겼다. 어둠의 세력은 빛의 자녀들로 하여금 그들의 빛을 스스로 됫박 안에 가두도록 길들이고 교육시켰다. 그러나 이제 새로운 빛의 세상이 왔다. 어둠의 세력은 더 이상 힘을 쓰지 못한다. 수천 년 동안의 관성이 그대들에게 아직 작용하고 있을 뿐이다.

사랑하는 아이야, 전혀 어렵지 않다.
빛이 드러나면
어둠은 저절로 뒷걸음치는 법.

그대는 빛의 가족이다.
그대는 경이로운 존재이고
몸을 입은 천사이다.
무엇이 부족하단 말이냐?
그대의 빛을 더 이상 가두지 말아라.

두려워할 게 무엇이 있단 말이냐?

그대는 절대적으로 안전하다.
　　　절대적으로 사랑받고 있다.
그 진실에 눈을 떠라,
진실이 그대를 자유케 하리라.

4

행복한 바보

아파하는 아이에게
—하늘의 연서 41

아파하는 아이야,
세상의 모든 상처는
영원한 것이 아니란다.
몸 또한 "구멍 숭숭 뚫린 가상의 집"에 불과하듯이
네가 아무리 중하게 여겨도
세상사란
"물 위에 쓰는 글씨" 같은 것이란다.

짐짓 무게를 부여하고 가치를 두게 되는 것은
"배움을 위한 장치"로서 구실을 하게 하려는
보이지 않는 섭리의 작용일 뿐이지.

아이야,
그 무엇도 무겁게 새기지 말아라.
네가 새기려고 한다고 새겨지는 것도 아니고

너 혼자 부질없이 그러는 것일 뿐이지만
산책하듯이 가볍게 살아라.

상처를 받더라도
상처에 함몰되지 말고
두 눈 부릅뜨고
전체의 큰 그림을 보아라.

"왜 무엇 때문에 나에게 이런 일이 일어나지?
여기에서 내가 배워야 할 것은 무엇이지?"

너에게 다가오는 일이 무엇이든
거기에 연연하지 말고
그냥 지켜보거라.
또 하나의
지켜보는 시선이 되어라.

쫓기는 짐승이 되지 말고
쫓은 자와 쫓기는 자의
전체 그림을 보아라.

아이야,
세상사는 "물 위에 쓰는 글씨" 같은 것이란다.
산책하듯이 가볍게 살아라.

예수께서 말씀하셨다.

"나는 모든 존재하는 것들과 함께 하는 빛이다. 나는 전부이다. 모든 것이 나로부터 나왔고, 모든 것이 나에게로 돌아온다. 장작을 쪼개 보아라, 나는 거기에 있을 것이다. 돌 하나를 들어 보아라, 그리하면 거기에서 너희는 나를 발견할 것이다."

— 도마복음 77

중독, 그리고 고요한 중심
－하늘의 연서 42

그대는 중독되어 있다,
일과 성공에 중독되어 있고
휴대폰과 문자메시지와 TV에 중독되어 있다,
잠시도 가만 있지 못하는 것에
중독되어 있다.
수다떨기에 중독되어 있고
그대 자신으로부터 도망가는 일에 중독되어 있다.

멈출 줄 알아라,
모든 동작을 멈추고
더 이상 도망치지 말아라.

그대 자신만 바라보는 시간을 가져라.
그대는 누구인가?
한사코 그대 자신을 만나려고 하지 않는
그대의 정체는 무엇인가?

이제는 옛 중독을 벗어버리고
새 중독에 길들여져라.
옛 중독이 돌아올 기미를 보일 때마다
문득 문득 멈춰 세우고
새 중독을 깨워라.

고요한 중심으로 들어가는
새 중독에 길들여져라.
고요한 중심에서
그대는 더 이상 그대가 아니다.
그대가 아닌데도
"그대"라고 할 만한 것조차 없는데도
그대는
있는 그대로 충만하다.

텅 비어 있는 충만.

예수께서 말씀하셨다.

"나는 몸을 입고 이 세상에 태어나서, 그들이 모두 술에 취하였음을 보았다. 그들 중 누구도 진리에 목마른 자가 없었나니, 나의 영혼이 사람의 자식들로 인해 고통을 받았다. 그들은 가슴이 얼어붙어 도무지 보려고 하지 않았고, 공허하게 이 세상에 왔다가 공허하게 이 세상을 떠나기만을 원하였다. 지금 이 순간에도 그들은 취해 있다. 그들이 언젠가 자신들의 술잔을 집어던지게 될 때, 비로소 그들은 회개하게 되리라."

－도마복음 28

기억하기
－하늘의 연서 43

그대의 모든 문제는
가장 값진 보물을 찾는 데에 있는 것이 아니다.
그대에게 주어진 가장 중요한 문제는
"기억하기"이다.

그대가 누구인지를 기억하는 것만으로
그대를 가로막고 있었던
모든 장벽이 속절없이 무너지리라.

사랑하는 자여,
그대가 받아왔고 지금도 받고 있는
나의 변치 않는 사랑을
망각의 지평선 너머에서
지금 여기로 끌어오너라.
지금 여기에서
내 사랑을 막지 말아라.

세상에서 가장 가까운
－하늘의 연서 44

그대의 눈 귀 코 혀는 사방 팔방으로 기어다니고 더듬거리고 다니고 뛰어다니고 날아다니며 먹잇감을 찾아 헤맨다. 무엇인가로 그대 자신을 채우지 않으면 안 될 것 같은 허기증은 잠시 잠깐 채워질 수 있을 뿐이어서, 그대의 먹이 사냥은 지칠 줄 모르고 계속된다.

때로는 큰 만족감을 선사받기도 하지만 그것을 다 쓰거나 유효기간이 지나 신선도가 떨어지면 그대의 허기증은 더욱 증폭되어 새로운 먹잇감에 대한 집착으로 이어지게 된다.

외부의 것으로 그대의 빈 자리를 채우려고 하는
이런 습성에서 벗어날 수 있는 유일한 탈출구는
화살을 안으로 돌리는 것이다.

숨 한 번 깊이, 천천히 들이쉬는 것만으로 충분하다.
그대 자신으로 돌아오기까지는.

그대는 그대가 아닌 다른 무엇으로 채워져야만 완성되는, 불완전한 존재가 아니다. 그대는 이미 완전하다.

숨 한 번 천천히 들이쉬고 내쉬는 것만으로 그대는 그대와 세상에서 가장 가까운 그대의 중심으로 진입할 수 있다. 그곳이 바로 그대의 모든 것이 새로 시작될 수 있는 "리셋" 단추가 있는 곳이다.

언제 어디에서든 그 단추를 눌러라.
다시는 부족함이 없고
다시는 허기증에 시달리지 않으리라.

언제 어디에서나 고요한 그 중심에서
리셋 단추를 누르고
태초에 막 태어난 짐승처럼
세상을 살아가라.

숨 한 번 깊이 들이쉬고
－하늘의 연서 45

숨 한 번 깊이 들이쉬고 고요한 중심에서
음식물을 섭취하고
숨 한 번 깊이 들이쉬고 고요한 중심에서
누군가와 이야기를 하고
숨 한 번 깊이 들이쉬고 고요한 중심에서
누군가에게 이메일을 쓰고
숨 한 번 깊이 들이쉬고 고요한 중심에서
그대에게 당면한 문제의 해결책을 생각하라.

고요한 중심의 자리가 아닌 데서 이루어지는 모든 일은
이를테면 헛바퀴가 도는 것과 같아서
대단한 진척이 있는 것 같아도
결국엔 제자리에서 헤매고 있는 것.

언제 어디에서나 숨 한 번만 깊이 들이쉬면
곧 그 자리에 있게 되는,

몸과 마음이 투명해지는 그 자리,
고요한 중심에서 사는 것은
그대 신성의 태엽을
세상에 풀어놓는 일.
아무리 시간이 지나도
그 태엽 멈추지 않고 풀려 나가리라.

행복한 바보
-하늘의 연서 46

숨 한 번 깊이 들이쉬고
중심에서 사는 일이
습관이 되면
그대는 부자가 된다

세상의 모든 부자는
게임이 끝나면
가진 칩을 모두 놓고 가야 하지만
고요한 중심에서 사는 부자는
잃을 것이 없다.
이승이나 저승이나 그에게는
고요한 중심이므로.

고요한 중심에서 사는 부자에게는
더 이상 "조건"이 따라붙지 않는다.
조건 없이 사랑하고

조건 없이 베풀고
조건 없이 언제나 "행복한 바보"가 된다.

신성의 태엽 풀기
—하늘의 엽서 47

왜 그렇게도 많은 이들이
가장 가까운 지척에
엄청난 보물을 간직하고 있으면서도
짐짓 모르는 척 시침을 떼고
세상에서 가장 가난한 거지인 양
눈물과 아픔과 두려움을 가장 친한 벗으로
삼는 것일까?

"고요한 중심"에 들어서기만 하면
세상의 모든 드라마가 의미를 잃어버릴 것이라고
추측하기 때문이다.

하지만 그대여,
"고요한 중심"은
무기력한 평화의 지대가 아니다.
아무 일도 일어나지 않는 무풍지대가 아니다.

"고요한 중심"이야말로
진정한 삶이 일어나는 유일한 장소,
그대 신성의 태엽이 풀려가기 시작하는
유일한 무대.

"생각으로는 문제를 풀 수 없습니다. 오히려 문제를 더욱 복잡하게 만들 뿐입니다. 해답은 언제나 스스로 우리를 찾아옵니다. 복잡한 생각에서 한 걸음 벗어나, 고요함 속에 진정으로 존재하는 바로 그 순간에 말입니다."

─에크하르트 톨레

그대는 이미 자유롭다
―하늘의 연서 48

가두는 이 아무도 없는데
갇혀 지내는 이
얼마나 많은가.

돈은 넘쳐나는데도
스스로 감옥에 갇혀 지내는 이
얼마나 많은가.

보이지 않은 밧줄로
스스로 얽어매지 마라.

그대 자신이 얽어매지만 않으면
그대는 이미 자유롭다.

먼저 문을 열어라
―하늘의 연서 49

그대들은 더 이상
"이 고통의 소리를 들으소서"라고
기도하지 말아라.

세상에서 가장 연약하고 힘없는 자의
꺼져가는 비명이라도
나는 다 듣고 있다.

나의 듣는 능력을 의심하느냐?

세상의 모든 고통은
내가 부여한 것이 아니다,
그대들의 자작극일 뿐.

그대들이 어떤 고통을 당하더라도
그 고통이 모든 이에게 촉매가 되어

나는 단지 그대들이 하루 속히
돌아오기를 기다리고 있을 뿐.

지금 이 순간에라도
그대들이 원하기만 하면
천군 천사들을 보내줄 수 있으나
무엇보다도 우선되어야 할 것은
그대들 스스로 마음의 문을 여는 일.

문을 열어라,
바로 거기에 내가 있으리라.

그대는 이미 사랑받고 있는 존재
─하늘의 연서 50

이제부터 그대는 해방이다.

그대가 그대 자신에게 부가한
모든 자기 한계로부터
그대는 해방이다.

이렇게 저렇게 해야만
부모로부터, 주위로부터, 신으로부터
사랑받을 것이라는 그대의 생각은
순전히 그대와 세상이 조작하고 공모한 것일 뿐.

그대는 그렇게 생각하도록
부모와 교사로부터 길들여져 왔고
그렇게 자기 자신을 최면시켰다

이제부터 그대는 해방이다.

그대는
그대의 행위로 인해 사랑받는 것이 아니다.

그대는 이미 사랑받는 존재이다,
그대 스스로 문을 닫아 걸고 있을 뿐,

이제부터 그대는 해방이다.

5

문은 언제나 열려 있다

천상의 포도원
－하늘의 연서 51

천상의 포도원에는
일찍 온 품꾼이나
늦게 온 품꾼이나
똑같은 품삯을 받는다.
누구나 신성한 포도를 따서 즐길 수 있다는 것이
저마다에게 주어지는
품삯이라면 품삯이다.

천상의 포도원에서는
일의 성과를 따져서
품삯을 지불하는 것이 아니다.
오래 있다고 해서
더 많은 일을 했다고 해서
더 많은 성과급을 받는 것이 아니다.

천상의 포도원에는

일이 필요치 않다.

누구나 자기 마음만 열면
입장이 가능하고
입장이 이루어지면
누구라도 차별대우를 받지 않는다.

사랑의 태양
－하늘의 연서 52

사랑은 머물지 않는다.
사랑은 내일을 위해 오늘을 유보하지 않는다.
사랑은 아껴쓸 필요가 없는 유일한 것이다.

사랑의 본보기를 보고 싶은가?
태양을 보라.
태양계 전체 질량의 99.6%를 차지하면서도
지구 생명체들을 위해
1초에 30만 킬로미터를 달려온다.

햇빛 가루를 골고루 뿌려
천지에 생명이 꽃피게 한다.

그대 안에도
사랑의 태양이 타오르고 있다.

서로 사랑
-하늘의 연서 53

사랑에는 타이밍이 필요치 않다.
밀고 당기지 말아라.

그대들의 안에서 타오르는 태양끼리
서로 시선을 나누도록
그저 허용하기만 하라.

한 번의 눈맞춤으로도
천년의 잠에서 깨어나
사랑이
노래를 부르기 시작하리라.

사랑의 바람
－하늘의 연서 54

사랑이란
창문을 열면 들어오는
산들바람 같은 것.

그대 스스로
창문을 열어놓고 지낸다면
세상 어디에서나
불어오는 사랑의 봄바람에
사랑 아닌 것을 오히려
찾을 수가 없게 되리.

사랑의 부메랑
－하늘의 연서 55

민들레 꽃씨를
후— 하고 날려 보내듯이
그대 사랑의 꽃씨들을
사방 팔방
날려 보내라.

그리고는 언제나
팔을 활짝 벌리고 지내라.

그대 또한 부메랑처럼 돌아오는
사랑의 홍수를 맞아들여야 할 것이므로.

사랑의 배경화면
-하늘의 연서 56

사랑을 상품처럼 거래하지 마라.
사랑에는
어떠한 조건도 달지 마라.

사랑은
그대들의 배경화면 같은 것이어서
사랑이 없는 곳은 없다.

사랑의 배경화면은
스스로 움직이고 말하면서
그 위에서 살아가는 모든 생명에게
숨결을 불어넣는다.

사랑의 배경화면은
그대들의 일용할 양식.

예수께서 말씀하셨다.

"만약 그들이 너희에게 묻기를, '너희는 어디에서 왔는가?'
하면 그들에게 말하라. '우리는 빛에서 왔노라. 빛이 스스로
생겨나는 곳에서 왔노라. 빛은 스스로 존재하며, 자립하며,
그들의 형상으로 자신을 드러내는도다.'

만약 그들에게 너희에게 묻기를, '그 빛이 너희인가?' 하면
그들에게 말하라.
'우리는 빛의 자녀들이다. 그리고 우리는 살아 있는 아버지
의 선택된 자이다.'

만약 그들이 너희에게 묻기를, '너희 아버지께서 너희 속에
계시다는 증표가 무엇인가?' 라고 하면 그들에게 말하라. '우
리가 이렇게 편히 쉬면서도 할 일을 다하고 있는 것을 보면
모르겠는가?'

ㅡ도마복음 50

염려하지 말아라
-하늘의 연서 57

사랑의 이름으로
다른 사람을 염려하지 말아라.
염려하는 것은 사랑이 아니다.

넘어지더라도 그는
신의 손바닥 위에 있을 것이고
오늘 세상을 뜨더라도 그는
언제나처럼 신의 품안에 있을 것이다.

사랑의 이름으로 염려하지 말아라.
염려 따위는 깨끗이 지워버려라.
후회 없이 미련 없이 지워버려라.

몸을 입은 천사들의 놀이터에서
잘못된들 무엇이 얼마나
잘못되겠느냐?

사계절의 환상
－하늘의 연서 58

그대가 현실이라고 생각하는 것이
사실은 현실이 아닌 가상이다.

그대가 행하는 모든 것이
사실은 소꿉놀이이다.

천상에는 시간도 없고
              공간도 없다.
그러니 거리를 잴 수도 없고
              좌표라는 것도 없다.

시간과 공간은
그대들의 놀이를 위해 만들어진 것일 뿐.

사계절의 환상이 있다는 것은
얼마나 덧없이 아름다운 것이냐.

잘 산다는 것은
─하늘의 연서 59

현실은 단단하지 않다.
그대들이 진짜라고 생각하는 현실은
가짜이고
가짜라고 생각하는 꿈이
오히려 진실에 가깝다.

꿈 속에서 계시를 받는 경우가 많은데
아무렴
가짜의 세계에서 어찌
진실이 주어지겠느냐?

놀이터가 실감나려면
진짜 같아야 하지 않겠느냐?

가짜의 세상을

진짜처럼 여기면서
울고 웃고 화내고 기뻐하면서
전전긍긍하고 있는 그대들,
참 잘 살고 있는 것이다.

행복한 눈물
ー하늘의 연서 60

그대의 웃음은 때로
그대만의 영토에서 벌어진 일이어서
나에게까지 닿지 않는다.
하지만 그대의 눈물은
어김없이 나에게 닿는다.

슬플 때는 마음껏 울어라,
울 수 있다는 것이 축복으로 느껴질 때까지.

눈물은
지상의 그대가
천상의 나에게 바치는
가장 아름다운 결정 結晶.

그대의 눈물이 있는 곳에
내가 있다,

얼마나 행복한 눈물인가.

스스로 일어서라
－하늘의 연서 61

넘어진 아이가 엄마를 쳐다보고 울면서
일어날 생각도 하지 않듯이
그대들은 때로 넘어진 채로
허공만 쳐다보면서
나를 부른다,
내가 마치 그대들을 일으켜 세워야 할
의무라도 있다는 듯이.

스스로 일어서라.
나를 쳐다보지 마라.
나는 그대들에게 이미
삶의 경영*을 맡기지 않았느냐?

그대들에게 이미

---

* 달란트의 비유(마태복음 25:14-30)에서 주인은 멀리 여행을 떠나면서 종들에게
  각기 다섯 달란트, 두 달란트, 한 달란트를 맡긴다.

나의 달란트를 나누어주지 않았더냐?

그대들이 가진 달란트,
그것이 바로
내 사랑의 빛이다.

더 이상 손을 내밀지 마라.
그대 안에
이미 내가 있다.

귀를 열어라
－하늘의 연서 62

나의 수신장치는
그대들의 상상을 초월할 정도로
고성능이다.

들리지 않을지도 모른다고
목청을 높이는 것은
쓸모없는 걱정거리에 지나지 않는다.

과연 내가 듣고 있기나 한 것인지 우려하면서
그대들은
나를 코치하려고 할 때가 적지 않다.

그대들의 잣대로 나를 재지 말라.

입을 닫고
귀를 열어라.

예수께서 말씀하셨다.

"나에게로 오라, 나의 멍에는 쉽고, 나의 다스림은
부드럽다. 너희는 자신을 위한 안식을 찾으리라."

ー도마복음 90

원수를 사랑하는 법
－하늘의 연서 63

원수를 사랑하라고요?
오른뺨을 치거든 왼뺨마저 돌려대라고요?
누군가 억지로 오리를 가자고 하면
십리를 가 달라고요?

불가능한 것처럼 보이는 이 모든 교훈은
그대가 생각하는 그대의 적이
사실은 적이 아님을
가리켜 보이는 것이다.

원수를 사랑할 수 있을 때,
원수는 더 이상 원수가 아니다.
차가운 원수가 화학변화를 일으켜서
따뜻한 동지로 바뀌어야만
그대는 원수를 사랑할 수 있게 된다.

어떻게 그런 일이 가능할까?
그대가 원수라고 생각하는 그 대상에
밝은 이해의 빛을 비추어라.

그대가 '악'이나 '어둠'이라고 부르는 모든 것은
이해의 부족에 지나지 않으며,
그러니 결코 '영원한' 적이 아니다.

그대가 그토록 적대시하는 것들이
사실은 그대 내면에도 잠복하고 있기 십상이고,
밝은 이해의 빛이 비추어질 때
어둠은, 악은, 적은
더 이상 어둠으로, 악으로, 적으로
남아 있지 않으리라.

원수를 사랑하기 전에

크게 뜬 눈으로
원수를 다시 보고 다시 만나라.

무한한 연료
－하늘의 연서 64

지상에서나
천상에서나
써도 써도 다함 없는 연료는
사랑뿐이다.

세상의 모든 길은
사랑에 뿌리 내리고
사랑에서 뻗어 나오는 가지 같은 것.

그것이 아무리 정의를 위한 일이라도
큰 사랑에서 나온 것이 아니라면
한갓 그대를 소모시키는
작은 전쟁일 뿐.

눈가리개
－하늘의 연서 65

하늘은 거저 가르쳐주지 않는다
하늘에 묻고 또 물어라
물음표를 남발하라
문을 두드리고 또 두드려라

그대들은 스스로 눈가리개를 하고
지구별 위에 불시착하였다

우주복을 입고 뒤뚱뒤뚱
달 표면 위를 잠시 산책한다고
달에 대해 무얼 얼마나 알겠느냐?

최초의 우주인들이 달에 대해 무지하듯
그대들은 그대들 자신에 대해 무지하다
아니 무지한 척하고
그대들 자신을 여는 공부를

해왔고, 하고 있다.

10%만 열려 있고
90%는 닫혀 있는
미명의 상태에서
더 듬 더 듬
이해의 빛을 찾아 헤매는
중생들이다

생애에서 생애로 건너뛰며
시대에서 시대로 이어가며
이해의 빛이 밝아져간다

태초에 빛의 폭발이 있었고
그 빛은 지금도
주변으로 주변으로 번져간다

그대 안의 빛도 그렇게
번져가고 있다
이해의 빛이 밝아져가고 있다

왜 지구별에 왔는가?
그대 안의 빛을 탐험하고 밝히기 위해서.
그대를 밝히고 주변을 밝히기 위해서.

눈가리개는
하루아침에 벗을 수 있는 것이 아니다.
다 벗은 것처럼
활짝 밝은 경험들을 하지만
그렇다고 눈가리개가 다 벗어진 것은 아니다.
어느 날 갑자기 밝음의 룩스(lux)가 올라가니
다 벗은 것처럼 여겨지는 것일 뿐,
벗어야 할 눈가리개는 여전히

켜켜이 남아 있다.

그대들의 경험하게 될
기쁨의 분량이 그만큼 멀리
그만큼 많이 남아 있다.

제자들이 물었다. "선생님은 언제 우리에게 정체를 드러내실 것입니까? 우리는 과연 언제 선생님의 진정한 모습을 보게 될까요?"

예수께서 말씀하셨다. "너희가 부끄럼 없이 벌거벗을 때, 그리고 너희가 어린아이들처럼 옷을 벗어 발 아래 놓고, 밟고 뛰놀 때, 비로소 너희는 살아 있는 자의 아들을 보게 되리라. 그러고도 너희는 결코 두렵지 않게 되리라."

—도마복음 37

셀프서비스
－하늘의 연서 66

세상의 모든 서비스는
자기를 위한 것이다.

겉모습이 타인을 위한 것처럼
보일지라도
기실은
자기를 밝히기 위한 것이다.

자기 자신을 정성껏 모셔라,
세상이 밝아지리라.

천국의 문
－하늘의 연서 67

천국의 문은
언제나 열려 있다.
닫혀 있어본 적이 없다.

가까이 가거나
그 안으로 들어갔다가도
그 안에서 누리는 기쁨의 옷이
자기에게 맞지 않으면
돌아서서 나와 버린다.

아무나 천국의 기쁨을
누릴 수 있는 것이 아니다.
천상의 선율도
귀 있는 자에게만 들린다.

그러니 엄한 심판이 있을 필요가 없다.

스스로가 스스로를 심판한다.

고난과 시련의 길을 자초한 끝에야
귀가 열리고
눈이 열려
천상의 기쁨에
마음의 문을 활짝 열게 되리라.

두려움 없이 나아가기
―하늘의 연서 68

팔을 활짝 벌려라.
어떤 무기도 없다는 것을
만천하에 보여주면서
사랑으로 나아가라.

두려움은
개체의 안전을 보장받으려는
마음에서 비롯된다.

어떤 결과도 미리 기대하지 말고
이런저런 방식으로 되어야 한다는
관념도 내려놓으라.

삶의 파도에 저항하는 마음은
두려움에서 나오는 것이다.

큰 사랑 앞에서
깊이 깊이 항복하라.
뼛속 깊이 항복하라.

한 점 저항도 남아 있지 않을 때까지.

창살 없는 감옥
－하늘의 연서 69

큰 사랑에
뼛속 깊이 투항하는 것이야말로
그대에게
자유를 선물해 준다.

그러기 전까지는
그대 스스로 만든
감옥에 갇혀 있는 것이다,
창살 없는 감옥.

죄
─하늘의 연서 70

죄가 무엇이냐?
그대 자신을 부인하는 것이다.
그대 자신이
하나님의 아들딸임을 부인하고
하나님의 DNA가
그대 안에 이미 심어져 있음을 부인하고
가짜의 그대를
그대가 만든 그대 자신의 허상을
진짜라고 믿고
그것의 생존과 번영을 위해
그대의 진정한 DNA를
돌보지 않는 것이다.

회개
― 하늘의 연서 71

그대가 만든 그대 자신의 허상을
진짜라고 믿고
그것의 생존과 번영을 위해
헛되이 봉사해 온 것을 깨닫고
그대의 진정한 DNA를
그대 자신이 하나님의 자녀임을
인정하고 받아들이고
그대 자신의 본향에로 돌아서는 것이다.

그대 스스로 엮어 만든
그대를 가두는 뚜껑을
두들겨 부수기만 하면,
달걀 껍질을 깨고 병아리가 부화되어 나오듯이
그대는
거듭 태어나게 되리라.

껍질을 깨기만 하라,
그리하면 푸른 하늘이 곧바로
그대를 맞이하리라.

들숨과 날숨
−하늘의 연서 72

창조주의 깊은 내쉼 속에서
창조된 그대들은
그의 깊은 들이쉼 속에서
그대들의 존재들을 용해시키고
그와 하나가 되어
다음 번 내쉼을 준비하리라.

그대들은 지금
집으로 돌아가는 중이다.

꽃들이 전하는 말
─하늘의 연서 73

세상의 모든 꽃들은
환한 미소로 오늘도
그대들에게 속삭이고 있다.
"그대 자신을 꽃피워라.
그대 안에 씨앗이 있다.
밖에서 찾아 헤매지 마라,
그대 안에서 씨앗을 찾아라.
씨앗은 이미 그대 안에 내장되어 있다."

물론 그대는
그대가 피워야 할 꽃이 무엇인지
모른 척해왔을 수도 있다.
여기에도 찔끔, 저기에도 찔끔
물과 햇빛과 양분을 주어 보았을지도 모른다.
하지만 이제는 알지 않느냐?
그렇게 흩어진 에너지로는

꽃이 피지 않는다는 것을.
그대가 피워야 할 꽃은
그대가 가장 사랑하는 일이다.
그대 스스로 가장 기뻐하는 일이다.
그 일을 만나는 순간
그대 입가에 저절로 웃음이 떠오르는
바로 그 일이야말로.
그대가 꽃 피워야 할 씨앗인 것이다.

때로 그대들은
그대 자신을 거부하고 두려워한다.
그대 자신이 생각하는 그대보다
그대는 훨씬 더 크고 밝은 존재이다.
그대가 가장 기뻐하는 그 일을
밀쳐내지 말아라.
자격이 없다고 예단하지 말아라.

그 누구보다 그대 자신을 다독이고
꼭 껴안아 주어라.

그대가 피워야 할 꽃은
이미 그대 안에 있다.
아직은 충분히 자라지 못했을지 모르지만
그대 자신의 물과 햇빛과 영양분을
기다리고 있는 씨앗이, 새싹이,
어쩌면 이미 꽤 자랐을지도 모를 나무가
이미 그대 안에 있다.